Und darum möchte ich einen Tatzelwurm

Mit Text und Bildern von Stephan Schmidrath

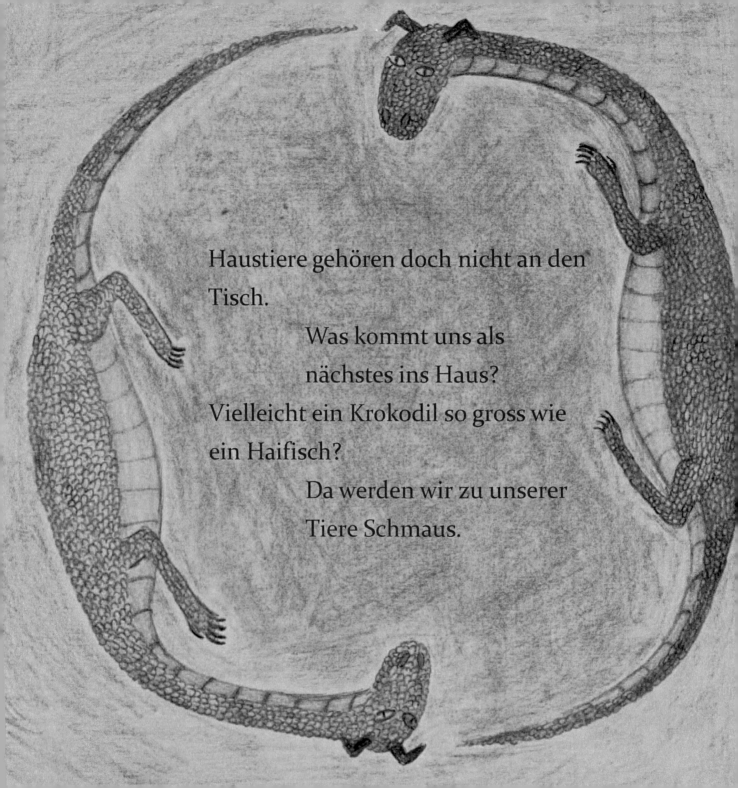

Haustiere gehören doch nicht an den Tisch.

Was kommt uns als nächstes ins Haus? Vielleicht ein Krokodil so gross wie ein Haifisch?

Da werden wir zu unserer Tiere Schmaus.

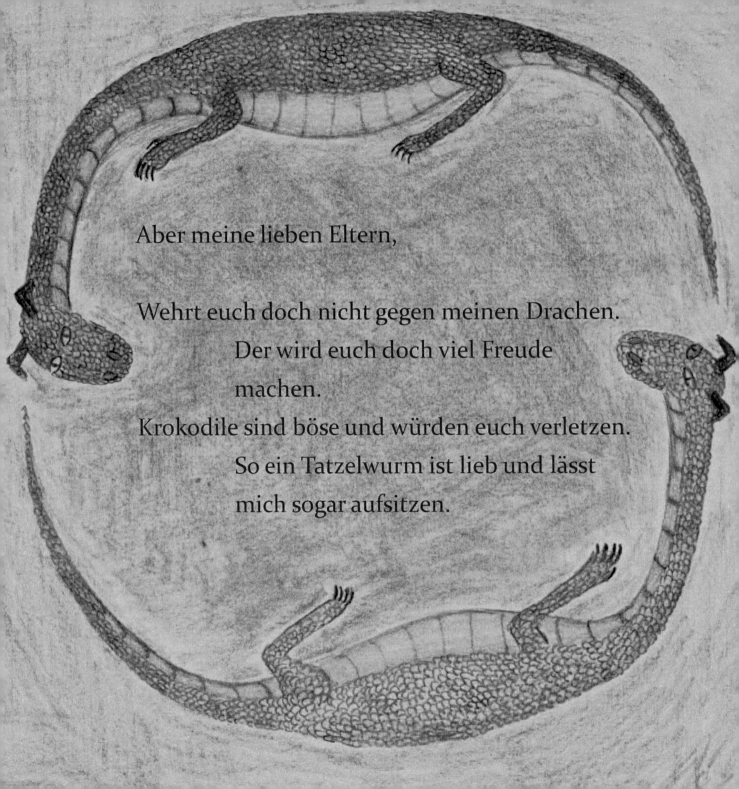

Aber meine lieben Eltern,

Wehrt euch doch nicht gegen meinen Drachen.
Der wird euch doch viel Freude
machen.
Krokodile sind böse und würden euch verletzen.
So ein Tatzelwurm ist lieb und lässt
mich sogar aufsitzen.

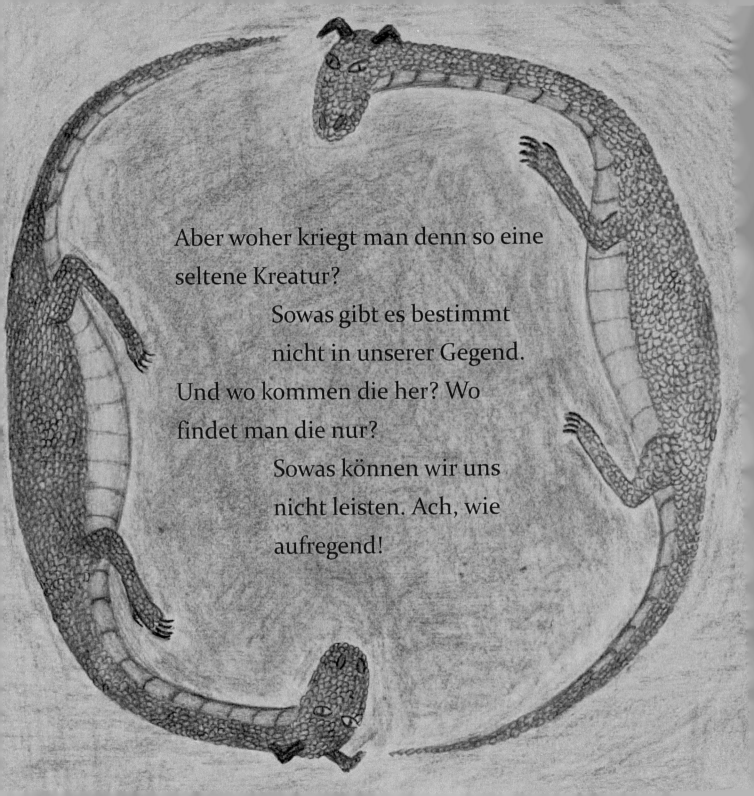

Aber woher kriegt man denn so eine
seltene Kreatur?
   Sowas gibt es bestimmt
   nicht in unserer Gegend.
Und wo kommen die her? Wo
findet man die nur?
   Sowas können wir uns
   nicht leisten. Ach, wie
   aufregend!

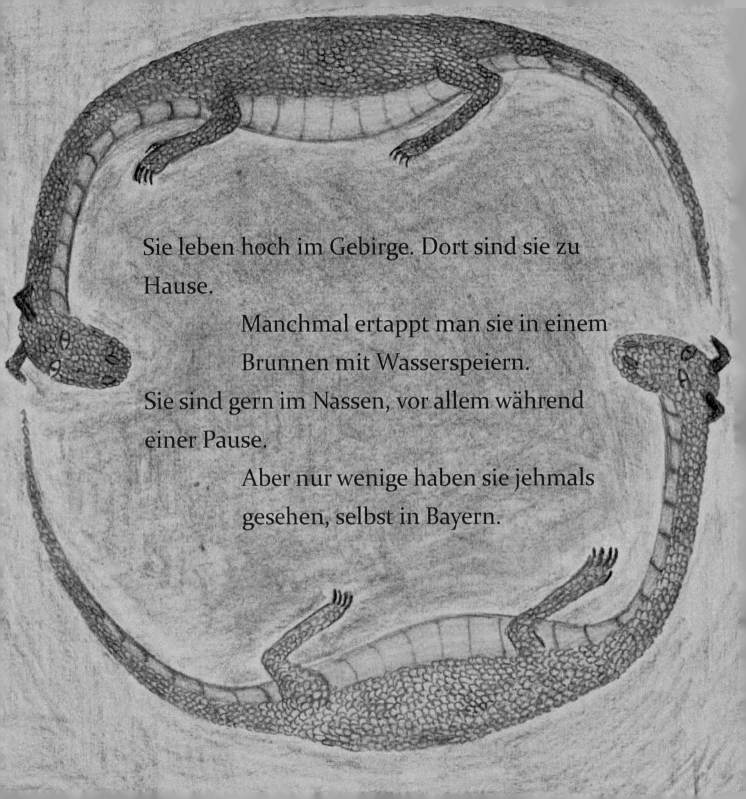

Sie leben hoch im Gebirge. Dort sind sie zu
Hause.

    Manchmal ertappt man sie in einem
    Brunnen mit Wasserspeiern.
Sie sind gern im Nassen, vor allem während
einer Pause.

    Aber nur wenige haben sie jehmals
    gesehen, selbst in Bayern.

Wie willst du also einen Tatzelwurm
erhetzen?

> Wir können doch nicht einfach
> einen fangen.

Die sind doch bestimmt geschützt durch
Artenschutzgesetze.

> Wir dachten du liebst deine
> getatzelten Schlangen.

Was denkt Ihr denn von mir? Ich wünsche
denen doch keine Schad.

Man kann solche Würmer natürlich
nur mit Freundschaft und Liebe
erhaschen.

Darf ich vorstellen? Das ist der Pratzlund,
mein liebster Kamerad.

Alles ist schon erledigt, und die
behördliche Genehmigung in
meinen Taschen.

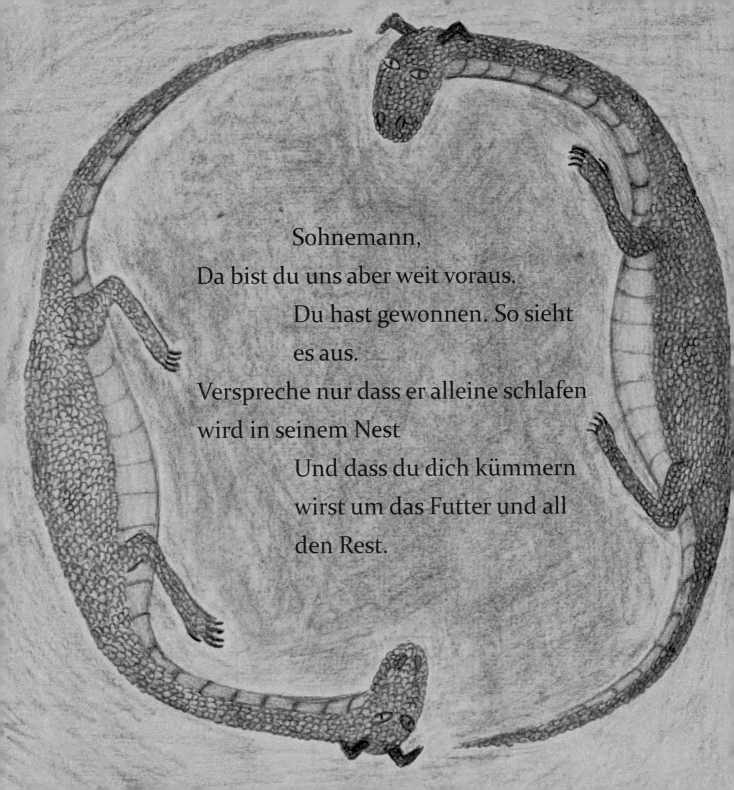

Sohnemann,

Da bist du uns aber weit voraus.

Du hast gewonnen. So sieht

es aus.

Verspreche nur dass er alleine schlafen

wird in seinem Nest

Und dass du dich kümmern

wirst um das Futter und all

den Rest.

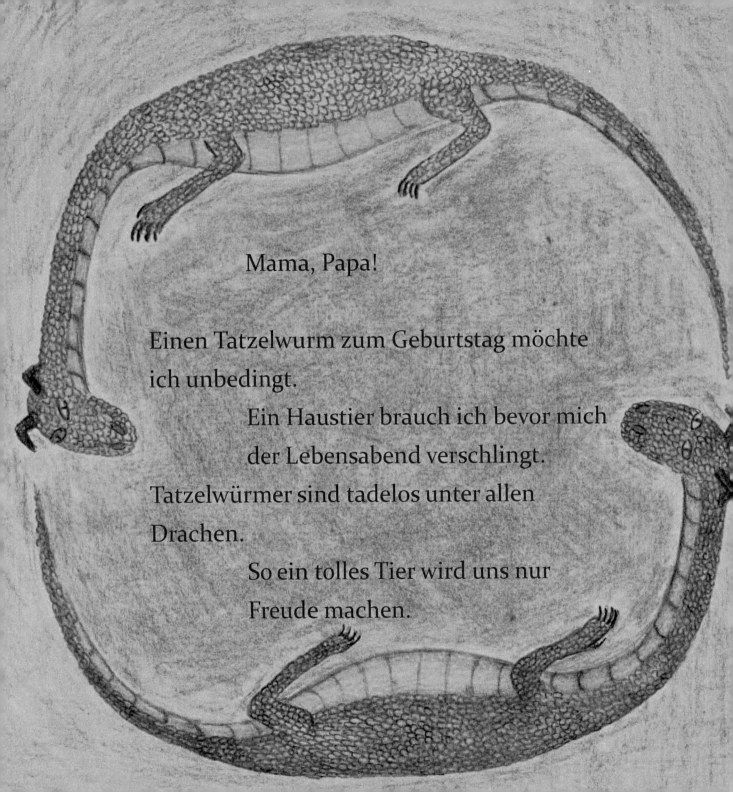

Mama, Papa!

Einen Tatzelwurm zum Geburtstag möchte
ich unbedingt.

Ein Haustier brauch ich bevor mich
der Lebensabend verschlingt.

Tatzelwürmer sind tadelos unter allen
Drachen.

So ein tolles Tier wird uns nur
Freude machen.

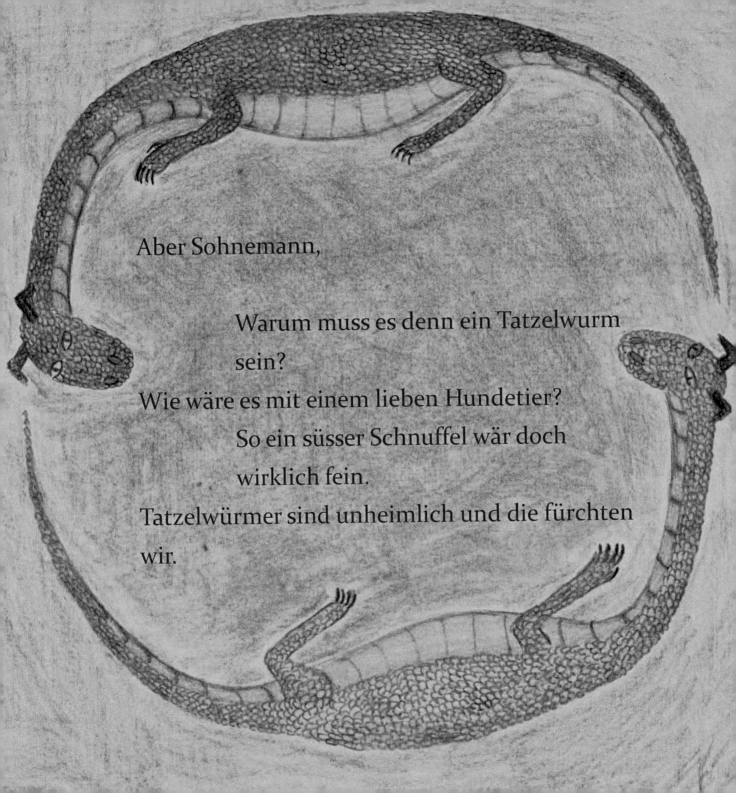

Aber Sohnemann,

Warum muss es denn ein Tatzelwurm
sein?
Wie wäre es mit einem lieben Hundetier?
So ein süsser Schnuffel wär doch
wirklich fein.
Tatzelwürmer sind unheimlich und die fürchten
wir.

Ja, Hunde sind ganz tolle Tiere
    Aber fürchterlich sabbern
    und haaren tun sie doch.
Oft schmutzig sind die Pfoten viere
    Und meine Allergien
    würden dann zum
    schlimmen Joch.

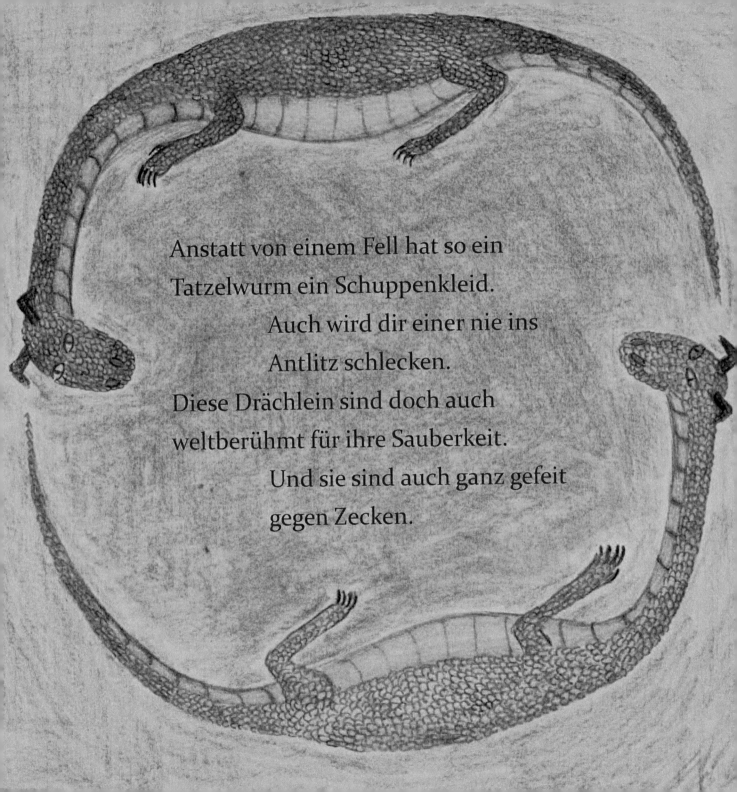

Anstatt von einem Fell hat so ein
Tatzelwurm ein Schuppenkleid.
Auch wird dir einer nie ins
Antlitz schlecken.
Diese Drächlein sind doch auch
weltberühmt für ihre Sauberkeit.
Und sie sind auch ganz gefeit
gegen Zecken.

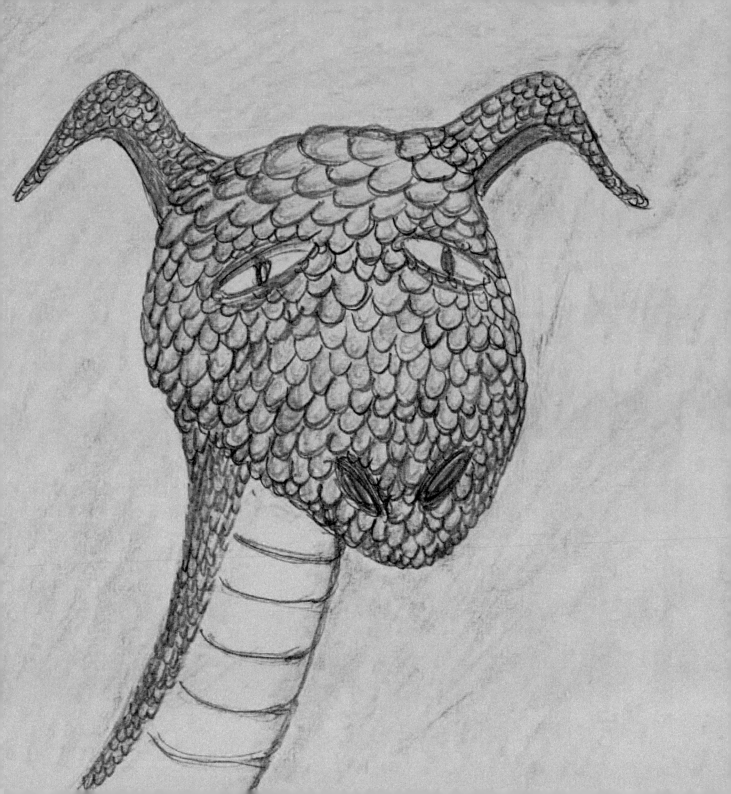

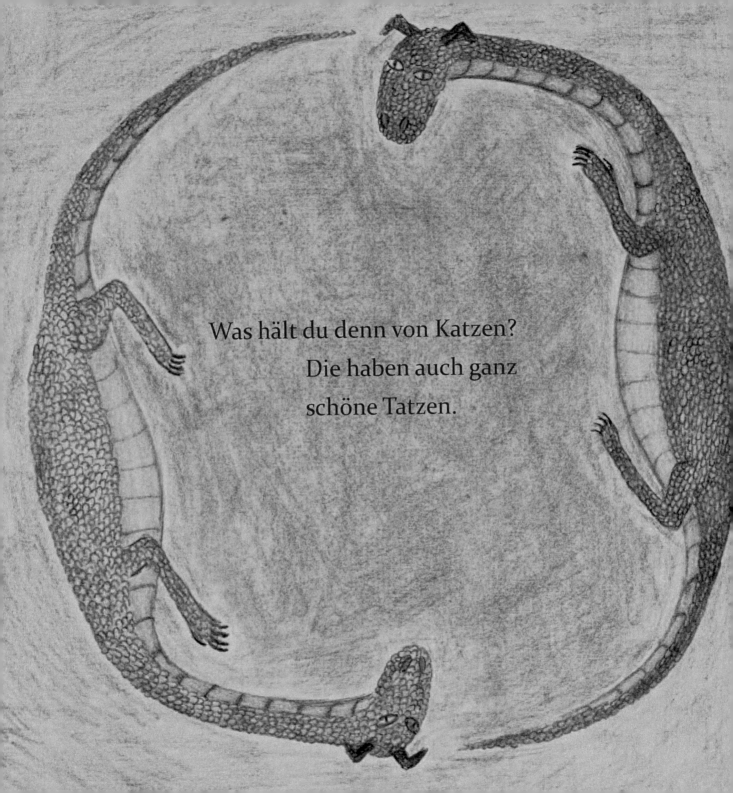

Was hält du denn von Katzen?
Die haben auch ganz
schöne Tatzen.

Ja, aber Katzen sind doch oft sehr frech.
Und sind auch schlimm in Bezug
auf Allergien.
Mit Tatzelwürmern hat man kein so'n Pech.
Und man kann auch mit ihnen
ganz toll spielen.

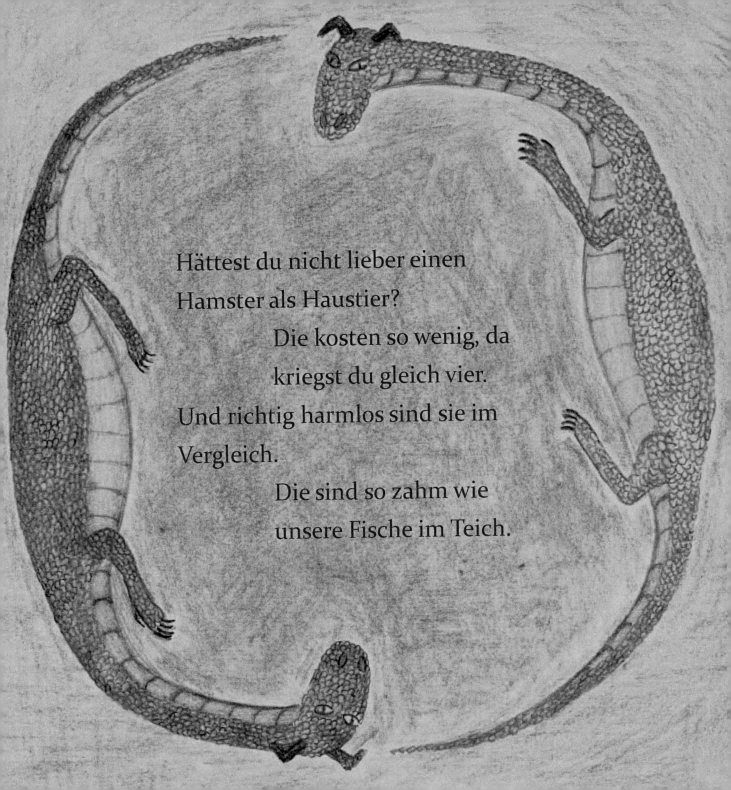

Hättest du nicht lieber einen
Hamster als Haustier?
Die kosten so wenig, da
kriegst du gleich vier.
Und richtig harmlos sind sie im
Vergleich.
Die sind so zahm wie
unsere Fische im Teich.

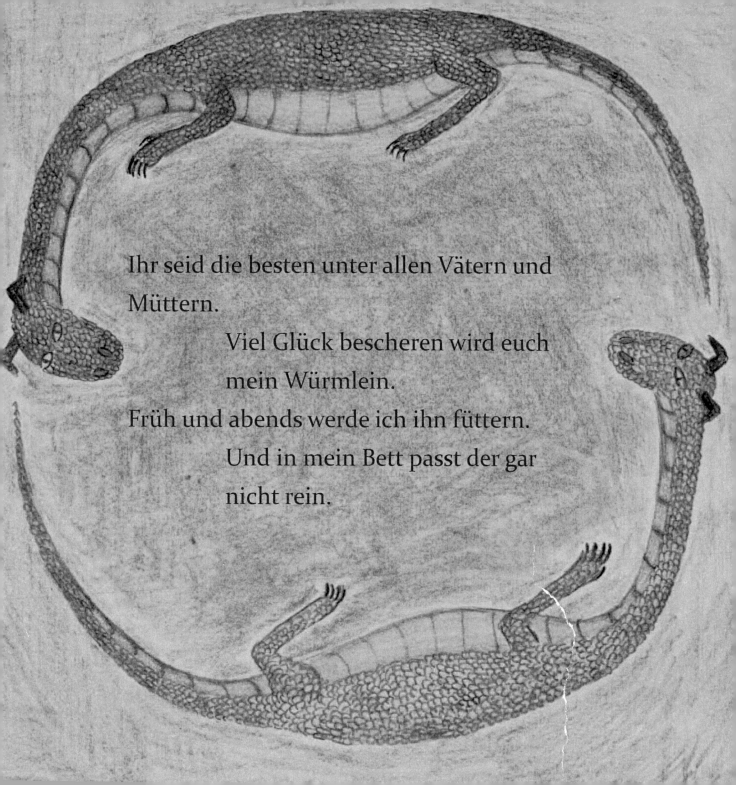

Ihr seid die besten unter allen Vätern und
Müttern.

Viel Glück bescheren wird euch
mein Würmlein.
Früh und abends werde ich ihn füttern.
Und in mein Bett passt der gar
nicht rein.

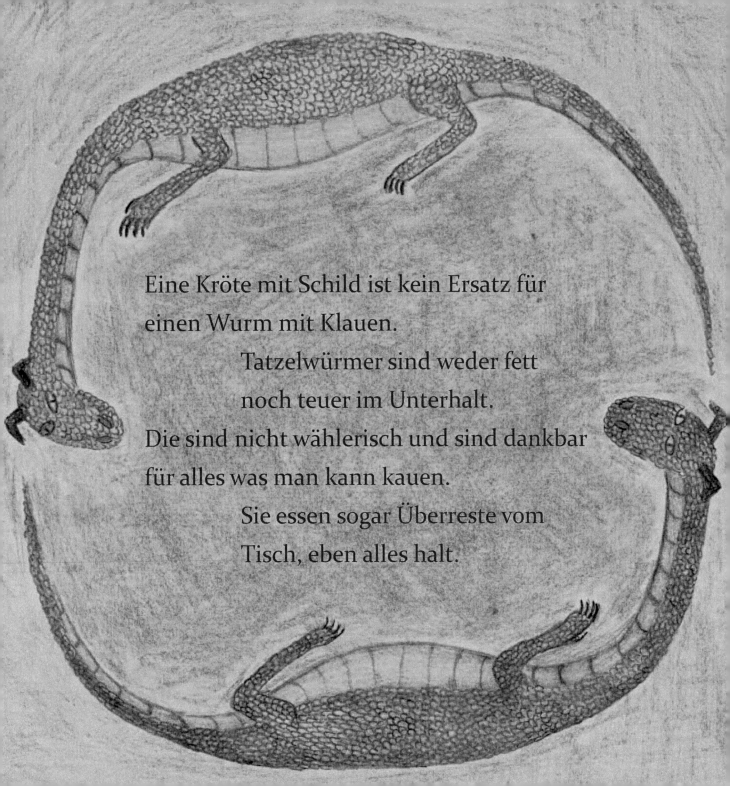

Eine Kröte mit Schild ist kein Ersatz für
einen Wurm mit Klauen.
Tatzelwürmer sind weder fett
noch teuer im Unterhalt.
Die sind nicht wählerisch und sind dankbar
für alles was man kann kauen.
Sie essen sogar Überreste vom
Tisch, eben alles halt.

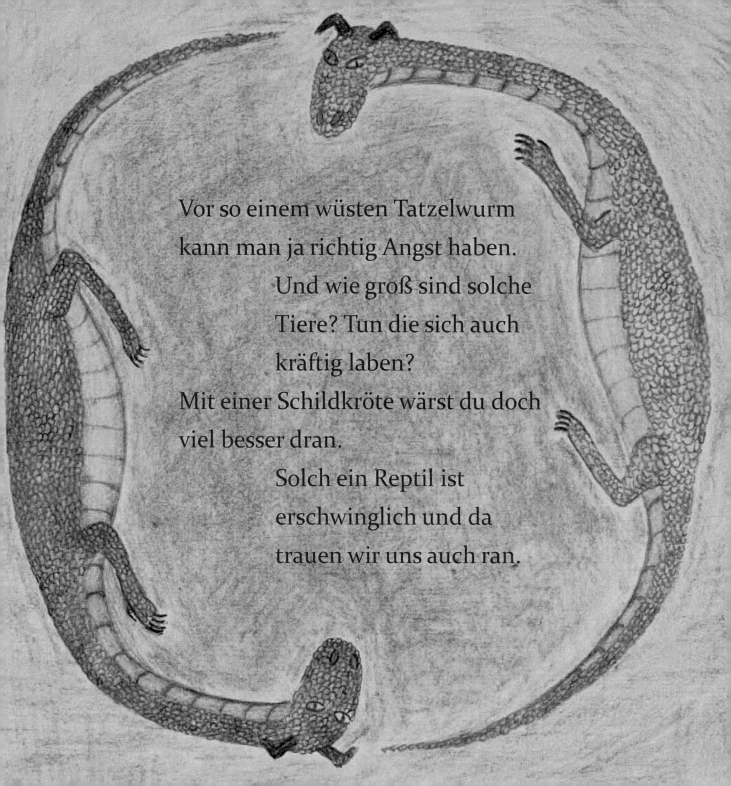

Vor so einem wüsten Tatzelwurm
kann man ja richtig Angst haben.
Und wie groß sind solche
Tiere? Tun die sich auch
kräftig laben?
Mit einer Schildkröte wärst du doch
viel besser dran.
Solch ein Reptil ist
erschwinglich und da
trauen wir uns auch ran.

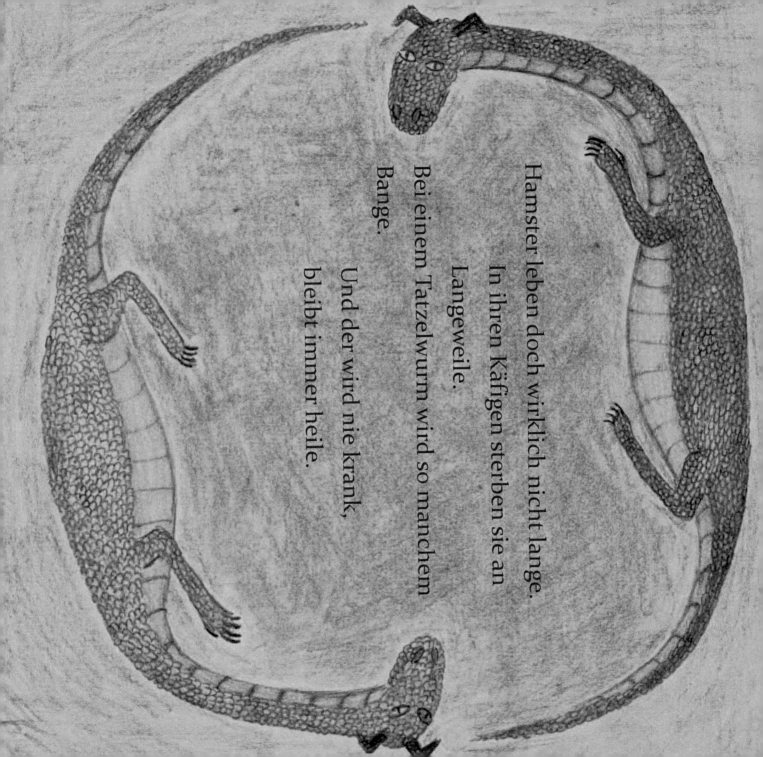

Hamster leben doch wirklich nicht lange.
In ihren Käfigen sterben sie an
Langeweile.
Bei einem Tatzelwurm wird so manchem
Bange.
Und der wird nie krank,
bleibt immer heile.

Kleiner Ritter, nun ruhe
gut in deinem Turm,

Und träume süss
von deinem
Tatzelwurm.